詩歌集

緑のひつぎ・秘めうた

関口　彰

鳥影社

詩歌集
緑のひつぎ・秘めうた

目次

詩集『緑のひつぎ』

幻楽の森

——北八ヶ岳にて

その森の風貌と言えば
コメツガの原生林で形成されているが
仁王立ちした陰樹の群落は
波打つような獰猛《どうもう》な苔の浸蝕に
肉はそぎ落とされ
筋力だけでやせて見える
陰湿な冷気は張りつめ
ぶきみに静まりかえる苔の森は
どこまでもつづく

そこには生きもの達の姿はない
刻《とき》を封印する邪鬼が番人に立ち
入場を拒み見据えているようだ
ときおり樹陰から
悶えのた打つような軋《きし》みとも呻きとも知れぬ
さざめきの幻聴が……
まぐあいする陰樹と苔の悦びなのか
私は秘めごとの相愛風景のなかで
きりきりとした孤独にさいなまれる
人間《ひと》はこの迷宮の刻の
一握りの時間しか生きられまい
激しすぎる命に滾《たぎ》る
悦の深さなど知るよしもない
気の遠くなるほどの昔

この森が始原の裸石《はだか》の山で
どれほどの雨と強風と日照りに
さらされ続けたか
長久の自然の営みは
風が種を運び
雨はそれを育てた
荒原の植生は
ただただ生きることへの強暴な力で
こらえ続け
こらえ続け
岩石の狭間に根を張りはじめたのだ
岩石に根は寄り添うことで
強靭な根に鍛えられた
一木一木の存立に

どれほどの土中のドラマが秘められていよう
樹は悠然と空を立ち仰ぐだけに見えるが
それは突き進んだ分だけ
根は獰猛な牙をみがいて
その成果を誇っている

木を殺す

木を切る、木を枯らすとは言うが
木を殺すとは言わない
蟻やメダカには殺す意識がわくのに
百年を越える巨木に対しても
罪悪感は感じられないようだ
どんな生物でも身の危険を察知すれば
反応はさまざまに見せるものだが
木は怒らず
されるがままのでくの坊

そうなのか
本当にそうなのか
血は流れなくても
木肌に微妙な変化は
土中の根に痙攣が起きているかもしれないし
過敏な枝葉への樹幹の水はどうだ
人知の及ばない感じ取れない事実を
真実と決めこんではいないのか

晴れあがった五月半ばの朝方だった
坂下の道路沿いに軽トラ二台が止まると
ヘルメット姿の五、六人の男たちが現れ
いきなり森の伐採を始めた
うなりをあげるチェーンソーの金属音

木の泣き声、金切り声にも聞こえ
一瞬の静寂の後には
倒木の断末魔が辺りをつんざいた
アカ松、カラ松、カシ、コナラそれにクヌギもホオも
何十種の樹木からなる緑濃き森
いきなりやって来た男たちの
チェーンソーの死刑宣告に
その無惨な作業現場は
樹木の死体が折り重なるように散らばった
昔の木挽き職人が見たらこの惨状を何と言うか
でたらめ放題の切り口の汚さ、ふぞろいの丈は
樹木への尊厳など微塵もなかった
赤裸となった森いちめんが殺人現場
男たちの去った後には

鳥も虫も逃げ去って
静寂だけのむなしさで
木の死臭があまくただよっていた

たとえどんな木であろうと
年に一度は新芽を吹き新緑の姿になる
苔むした古木までもが若返るのだ
鳥獣虫魚のどこをさがしても
こんな鮮やかな生態を見せるものがあろうか
その新芽の色は朝に夕に変化し
日ごとに変貌する
新緑の微妙な色彩の濃淡はさまざま
浅みどりから金茶や黄金色
それに銀鼠、白銀があり

翡翠や碧玉だってある
花に見まがうほどの淡紅、深紅はどうだ
たしかに木は土中に根を張るかぎり
動かない動けない一生をおくる
鳥獣虫魚のように鳴いたり吠えたり跳ね回ったり
生理的反応などは見せない
風を待って枝葉をそよがせ
雨を受けてじっとりと濡れそぼつ
いつも静かな受動で立ち尽くしている
こんな従順さで生きているのだから
あらゆる動物たちは
木に仕掛けたり、利用したり、切り殺したり
やりたい放題
それでもあらゆる生きものを抱きかかえる

絶対的な母性は
沈黙する木でありつづけるのだ

哀しいガウディ

哀しいガウディ
彼の青く美しい澄んだ眼は
心地よい光とやさしい謙虚さに満ちて
南フランスの祖先の血を感じさせた
明るい陽光を浴びるその大地の自然こそは
至純な素朴さと
奇知を彩る美意識を育てたのかもしれない
内気で口べた、そのいちずな性格は
曖昧さや外皮の虚飾をはがし

直視する眼の持ち主だったから
物腰の洗練にも野卑からも遠く
生来の孤独は人間嫌いの風貌にさせた
生涯唯一の恋も実らず
反教会的だったガウディ
それが伝統的な教条主義の
もっとも敬虔なカトリック信者になるまで
人生の苦節は彼を大きく変貌させた

『サグラダ・ファミリア』
ガウディは信徒たちに誓った
「すべては神の計画によるもの、この教会を十年で打ち建てる」
設計図を必要としないガウディ
自然の力学をモチーフに

構造は引力に答えを求め
窓の形は差し込む光によるもの
煙突の姿は風のあり方で
すべてが自然へ問うた神の知恵だと信じた
それは模型を作り出すという手法から
〈美しい形は構造的に安定している〉
その信念のもとに
自然から最高の形を抜き出そうとした
彼の後半生を懸けたこの挑み方は
命が危ぶまれるほど身を空にして
キリストに成り代わったかのごとく
荒野での四十日間の激しい断食をした
これを見た人々はこの男の異様な執念と
狂気じみた振る舞いに怖気をふるった

そして建築は〈神のデザイン〉だと嘯《うそぶ》くガウディ
構造上無理が生じる水平と垂直が交わる部分でも
接合部分は曲線でつなげてみたり
柱は放射線状に分岐させた
傾斜した柱や荒削りな石を好み
曲線と細部には物語性にみちた装飾があしらわれ
この教会思想のシンボルが彫り刻まれた
独自な構造力学と合理性
不思議なほどの堅固さは〈神の力〉によるものだと

いつの日かバルセロナの街を見下ろすように
少しずつ現れはじめたこの『聖家族教会』
時代の認識は歴史の流れを跨ぐことができず
人々の顔はあざ笑い口々に非難した

〈伝統も権威も格式もない不謹慎きわまりない司教館〉
〈建築を芸術と履き違えたまるで童夢のような代物〉
また遅々として進まぬ建築に
むち打つような事件が起きた
ガウディの大きな支柱となっていた神父の
教会からの追放とその死だった
ついにガウディまで精神病患者に仕立てられ
夢の領域まで踏み込んだ一代の男の文化の逆説は
時代が評価しきれなかったし
建築には単一な概念しかなかった
しかし正気で不屈なガウディ
建築現場から離れようとはせず
そこでの寝泊まりがはじまった
自己資産のすべては投げ出されていて

建築資金が枯渇すると
ひとり戸別訪問に出向くガウディ
「犠牲と思えるだけの額を芳志してこそ、虚栄でない真の慈善です」
だれかれなしに言って廻った
『聖家族教会』とは信者の喜捨による贖罪《しょくざい》教会のため
公的機関の資金援助は受けられなかった

スペインの国民詩人マラガイは言った
「これは建築の詩だ、人間わざとは思えない。完成をみなければ我々の敗北だ」
同時代に生きてガウディを知るピカソは
「ガウディ、あの貧者の大聖堂なんて糞食らえだ」
南仏の別荘で毒づいた
天涯孤独で夢を見続ける浮浪の男
髪は掻き乱され、汚れた衣服をまとうガウディ

警官は彼を不審者として引っ立てた
カタルーニャ語しか話さない頑固さも火に油をそそぎ
留置場へぶち込まれた
ようやくガウディと認知され釈放後も
その姿は改めるべくもなく
現場の職人たちを愛し声をかけ続けた
〈塔は楽器だ、建築は音楽なのだ〉
それに呼応するように
大きな塔や小塔が胸壁の上にずんずんと伸び
ゴシックよりもよりゴシックに
放物線のアーチや鉄製のオブジェが並び立ち
薔薇窓をつけた生誕の門まで工事が進んだ
ところが聖ヨハネ祭を間近にした六月の始めのこと
その日の仕事を終えたガウディは

教会のミサへ向かった
大通りを渡り切ろうとしたところで
疲弊した七十四歳の老体では
路面電車を避け切る力はなかった
その場では一命を取り留めたが
浮浪者同然の風体のいかがわしさに
病院へ担ぎ込まれるのが遅く
病院の対応もおざなりで
ガウディは夢を抱えてあの世へ去った
神がこの男に引導を渡したとしたら
〈神とは何者ぞ〉

偉人

――中村哲医師に

ほんとうの偉人になりえた人は
かけらほどにもそんな意識はなく
自分の信念に邁進した人だ
権力とか欲望とか地位とか名誉とか
自尊としての個の飾りがわずらわしく
むなしさやうす汚さが目について
自分だけの山道を黙々と
信念の頂上めざして
孤独に歩む人だ

その孤独な心情には
他人《ひと》の傷みをわが事のように感じとれる
真からのやさしさがあり
冷静な状況判断と
個として立ち向かう度量の大きさは
まさに雄々しい大人《たいじん》だ
内にこもる生気の強さは
前に前に進むことで
自分の人生など振り返ろうともしない
行為の等価として求めるのは
他人の評価などではなく
結果の大小でもない
自身が納得できる達成感なのだ
常に無心の所作で物事に接するから

社会も見えるし
他人が何で動くかも知っている
黙することの寛容さ
徹することへの忍耐と持続
深い眼《まなこ》の奥には
碧く澄んだ湖水のように
波立たない感情と
光るような強靭な意志が秘められている
その人間としての器が
まれであったとしたら
偉人になったのだろうか

緑のひつぎ

スイカズラの薫る梅雨空のさか道
そばの花が風にさざ波立っている
白いビロードを敷きつめたような
季節を飾る大地の衣装
その花の一輪は
さびしげで
貧しさとか弱さとか
個のみすぼらしさを
全体の力で打ち消している

個の柔弱があのようにいやされるなら
個我などどれほどのものか

ジャガイモの花が凛として咲き誇り
色つや葉ぶりは堂々と空を見すえる
おそらく土中には
実りの豊穣が
じっくりと蓄えられている
そんなたしかさが美しく立派で
誰しもそうありたいと夢見るものだが
収穫ともなれば
幸不幸のかたちは不揃いでさまざまだ

真っ黒に熟し切った桑の実が

道を汚すほど落ちている
虫も鳥も見向きもせず
踏まれて雨に流される
人間《ひと》の命も
歴史の中ではそんな姿でしかない

それを想えば
人間としての人生には
愛憎の苦悩も
欲望の駆け引きも
個性や価値観の食い違いも
それから
個々が秘める人生ドラマだって
すべては刻《とき》が流れるままに

ひとつのかたちになり結着している

老熟とはかなしい風車
風が吹くたびにそのひとつのかたちを
想い出しみつめている
そして命の風が吹き止んだとき
茫々たる天の沃野から
緑に萌えるひつぎが
野の薫りをふりまきながら
ゆっくりと降りてくる

青い休符を奏でて

——俊造君へ

金蠅の群がるような価値観が
右往左往する汚れくたびれた都会
顔を持たない人たちから逃れて
きみは森の住人となった
森の朝一番に届く陽射しは
自然の清潔な意志だ
振りかざす鍬や鎌の刃にそれはキラキラ光った
きみの人生が始まったのはその時からだ
ひとのよろこびとするものには

休符の印を心に刻み
手拭いをねじり鉢巻きにして
大胆な生のデザインを夢見ようとした
苦行僧を気取ったわけではない
頭は坊主にしていたが
ポーズではなく、面倒なだけで
自分の意匠に徹底してこだわったのだ
森の静寂、隔絶、沈思、
霊気の中での自意識の躍動は際限なく
立体であれ抽象であれ
アートとしての活動は
心情の位相への飽くなき展開だった
それも物足りなくなれば寸言の紙つぶてが
森のうめきのように咆哮に咆哮を繰り返した

どれほどの孤独と絶望
あらゆる飢餓が醗酵され
森の夜ふけをあてもなく彷徨したか
抱きとめる愛しみの存在を求めたか
そして俗社会を唾棄したその代価は
きみの自信となり、思想となった
いまその森の家から
憤怒にあるいは慰藉《いしゃ》としての
夕焼けた緑が眺められるだろうか
主人《あるじ》の永久に消えた森の静けさ
現身の若い肉体が流していた汗
あの人懐っこい笑顔
きみを愛しんだ人たちの胸に
つよく刻印されているはずだ

トマトの味

子供の頃トマトを嫌った
赤くぽってり熟れたイメージは
プラムや桃のような期待を
酸っぱさと青臭さで
大胆に裏切ったからだ
野菜だと言うのも受け入れがたかった
八百屋に行けば小ザルに積まれ
木箱にもごっそり粗末に扱われていた
それがいつの日か

大人になってトマトが好きになった
品種改良を重ね
味わいに深みがでて
酸っぱさも青臭さもやわらぎ
甘みが生まれていた
食べやすくなったトマトは
果物と違う存在感で
食卓に欠かせない野菜となった
ところがいつの日か
トマトに不満が生まれてきた
ますます甘みを引きだすことで
トマトは六十、七十の婆さんのように
かどのとれた円熟味だけの
癖のない野菜に感じはじめた

ある時市場へ出掛けてのこと
威勢の良い八百屋の親父に
「酸っぱくって青臭い昔のトマトが食べたい」と言ったら、
「そんな人は百人に一人だ」
と仏頂面で顔を背けられた
改良に対する気まぐれと反省はしたものの
でも昔の味をもう一度味わってみたかった

野菜の旨味をよくアマイと言って賞賛する
野菜そのもののこくの深さの表現であるなら
わからなくもないが
旨みがアマイとは限らない
旨ければ良い、口当たりばかりを考えた
そんな食感の雑駁さは

野菜のファーストフード化だ
癖を嫌ってその個性を消す
媚びと気遣いばかりの
時代の膿んだ顔とも言える
時間が前に進めば
進化だ進歩だと考えたい人たちばかりで
〈味ないものの煮え太り〉現象だ
土や陽ざしに育てられた野菜の顔
不細工でとがった自然の味を
細やかな神経で噛みしめる
そんな舌をみがく余裕こそ
本当の贅沢さなのかもしれないのだ

このブルー、人生極まれり

遠方にそびえる角錐の山
サント・ビクトワールは紫にけむり
平野には岩石や丘陵が点在する
赤土がはだらに見え隠れする木々の間を
いま男はカンヴァスをくくりつけた画架《イーゼル》を背負い
山の方へと向かって行く
めざすは起伏にとむ面の変化とその色調
見つければ画架を立て
風景の地肌まで見つめつづける

そしてやおらカンヴァスを睨み
わずかな色彩と絶対的真なる線で
〈俺は自然のさまよえる手を合わせてやる……。
右から左からあらゆるところから
そのトーンや色やニュアンスをつかみそれらを近づける……。
それらは線を形づくり、物体となり、岩となり、木となるんだ〉
男の筆触のブルーは
山や野が歌いだし
山野が幻楽に染まりだすまで
この格闘を挑みつづける

男のパレットは暗い
友人ピサロの言った言葉だ
対象への色調の発見までこねまわし

明度のない男の人生の色そのもの
男は歳よりずっと老けて見えた
禿げあがった頭と日焼けでくすんだ顔
頬から口元へかけての髭は黒々と
なすがままのみすぼらしさで
くたびれた大きすぎる靴に
古い縁つきの帽子と薄汚れた外套
プロヴァンスの町の物笑いの種だった
男は感じやすい極度に神経質な質《たち》で
印象過敏症と言う病名があった
自分に向けられる視線のすべてが
悪意と嘲笑に思え、
〈人生という奴はおそろしい。孤独、これこそが私にふさわしい〉
口癖のように言っていた

男の父親は
帽子屋から銀行家に成り上がった
評判のけち臭い資産家
この父親からの仕送りで男の暮らしは成り立っていたが
その金額では足りず
男の不満はつのる一方だった
妻はと言えばそんなことにはお構いなく
一人息子と好き勝手に暮らした
男の不細工さや社交下手に
絵描き仲間や友人は
助言や忠告を惜しまなかったが
男はうるさがり彼らを遠ざけた
不思議なのはこの偏屈な世捨て人

画家のプライドだけは一流で
〈現在生きている本当の画家は私しかいない〉
平然と言い放っていた
ある時、男がカンヴァスに向かっていると
後ろから散歩中の老婆がのぞいた
男の罵声はカンヴァスを取りだすと
地べたへ投げつけ踏みつけた
持て余す怒りに狂う傲慢なパラノイア
町の誰一人として
そんな男の画家の成功を望んではいなかった
それまでの何回かの個展でも
評価はさっぱりで売れていなかった

しかしこの男の絵に取り組む姿勢だけは

誰もが真似できない宇宙を持っていた
男が妻をモデルに描いていた時のこと
〈リンゴは動いたりするかね〉
傲慢なひと言、情け容赦がなかった
対象への集中は一分のすきもなく常に真剣勝負
写実も点描も抽象も
手法さまざまな時代に
自分の絵を描くことだけがすべてで
技法はその絵次第
見尽くした風景の核心をどう捉えるか
発見と想像力から湧き出すその観念の実現へ
一タッチ、一タッチを繊細な用心深さで
鋭利な感覚とその熟達が
塗り残しの必然性まで生んだ

光の考察、色の配分、構図より面との調和
可視的な自然の奥にひそむ不動の本質へ
絶対的至高の域へ突きつめずにはいられなかった
この観照の高度な結晶こそ
男が求めつづけた至高の美だった

五十代半ばになってこの男の絵が騒がれだした
同時代の画家たちは
競って男の絵を評価し所有したがった
ピカソでさえ自分の絵五枚を差し出すと
画商から男の絵一枚を受け取った
マチスはこの男の「水浴の女たち」を励みにして
臨終の床でその絵の行方を遺言した
傲慢さでは引けを取らないゴーギャンまで

〈何というブルーの使い手だ〉と絶句した
日本にも死の床で男の絵を何日も見つづけ
この世を去った小林秀雄と言う評論家がいた
もし、この男がそんな事を知ったとしたら
憮然たる男の顔が浮かぶ
〈君らに私の絵が解るのかね…………〉
男の名はポール・セザンヌ

Ah! surprise

閑暇な午後の昼下がり
老いも若きも頭そろえてアー・ベェー・セ
ふらんす語の授業です
ガラスのドアを叩くものあり
天使ミカエルと思いきや
ノックのがさつな羽ばたきは
一羽の若いメスツバメ
軽やかに闖入だ
何の気まぐれおこしてか

お部屋の中を飛びまわる
とんだ椿事だハプニング
皆そろっての無慈悲な追い立て
はてさて人間様はこんなにも
寛容さに欠けていたとは
「ツバメさん、アナタもレッスンお入りなさい」
とは、よもや言ってはくれぬ
越鳥南枝に巣くうの譬えのごとく
育てられたこの巣処を思い出し
親兄妹にあいたくなった一心で
飛んで来たのに
こんな仕打ちを受けるとは……
ワタシの居場所は突き進んだ青空の
風の匂いのうずまく処

こんな狭い一室で人間様は
自分のためだけコセコセ生きるから
他の生きものたちの心のうちは
見えるはずがありません
それではマダム、ムシュウ、ご機嫌よう
アディユ

アカシア咲き乱れ

この御牧ヶ原では
春から初夏へ
一変する山の儀式のように
白い花房をつけたアカシアが
煙るように山肌を染めている
その木々は野辺おいても
棚田をかこむ山裾でも
淡いジャスミンに似たほのかな薫りで
辺りを包みこむ

ただならぬこの里山の変貌に
祭りのように浮かれているのは
さまざまに鳴きかわす鳥たちや
忙しく動きまわる虫たちの騒擾《そうじょう》だ
鹿や猿も人目を避けたところで
心地よい眠りにあるかもしれない
不思議なのはその景色を
あたりまえに見ている人たちだ
自然への仰望
人の生活《くらし》から遠のくようになって久しい
季節からのくり返す恩恵を
生活からしか見つめなくなった
隣り合わせの自然を
昔語りしなくなったのだ

時代の変転は
知的な生活へ変貌させ
やせた感性からは
感受性も美意識も育たず
生活の心はわびしさを託《かこ》つ
山は忘れられ
荒れに荒れた
老木は倒れたまま鬱蒼として
分け入る道すら消えている
だからこそアカシアの木々が
猛々《たけだけ》しく咲き乱れる
ひと風吹けば花房は大きく揺れだし
山流となって歌が聞こえる
〈山へ入レ、山ガ育テタ心ヲ忘レタカ、刻マレタ生キモノノ血ヲ思イ起コセ〉

アカシアの木々の木魂が振動する

カメ虫

秋の日
陽盛りの窓辺へ立つと
黒ずむ褐色のカメ虫が
網戸に数匹へばりついている
とがった三角の頭部と細長い触覚
羽はあるにしても
脚は三対だ
いたってのろまで
追い払おうとしても

なかなか飛び立とうとしない
この鈍重と頑迷さ
越冬が何より大事とみえて
室内へいつの間にか潜り込んでいる
押し入れの布団の中だったり
脱ぎ捨てた靴下の中にいる
この虫のおかしなところは
少しもジタバタせず
簡単に捕まえられるところだが
どっこいその体に触れようものなら
人の死臭をおもわせるほどの
悪臭をまき散らす
毒には毒をもって、
臭さには臭さの場へと

おそるおそるティッシュで摑んで
日に三度四度とトイレへはしる
だから浄化槽には流されたカメ虫の
死屍累々が腹を向けて浮かんでいよう
ナンマイダナンマイダ……

秋を抱擁する

I

山や林が見つめてくる
熟れた秋の息づかいは
足下から僕を染めて
秋は僕を抱擁する

このひとときを色鮮やかに燃えているのは
カシワやカエデ、ウルシやハゼ
この年でしか生みだしえない色を
木々が秘める自我として主張する

もはや光を奪われた林の中では
落下する音が聞こえる
一年かけたクヌギ実が
忘れていたかのように土へ返されるのだ

そして立ち尽くす僕は秋のなかへ
もっと秋のなかへ
木々のたくましい枝となり
僕は秋を抱擁する

II

秋のひとの背中は愁色にそまる

林の色は燃え落ちて
澄んだ空気は山の臭気をいっぱいにはらむ
ひととせかけた一木一木の立ち姿は
老木たちを舞台から引きずり下ろす

ヌルデの木の葉が散り敷かれている向こうでは
断末魔の亀裂音が聞こえ
腐りかけた倒木の
あがきのような甘い匂いが
おそらく山神様が降臨している

そんな山や林を見すえながら
冷ややかにしみわたる空気に包まれ
秋の人はおごそかな歩みをする

そしてそのうちぶところへ
消えて行く

（拾遺詩編）

人間《ひと》であること

薄明の窓辺に
起き立つと
覚めやらぬ夢の続きを見ているような
飢えた心の淋しさが猛烈に起きて
人間というより
生きものであるという脆《もろ》さ怖さに
心臓が激しく脈打っている
うす靄がかかる眼前の林に目をやると
ふと何かが動いた

犬ではないが走り廻っている
ここはあの世の墓場で
あれは私のタマシイか
居場所もなく絶望感に
やみくもに走り廻っている
あれがこの世に捨てられた私の姿としたら
生き抜いた人生の果ての
形を持った姿としたら
過去に人間であったこと
どれほどに尊い存在としての意識が
その断絶感に目がくらむ
見てしまった
知ってしまった事実のように
私は窓辺から離れる

それからベッドに横たわりながら
今はまだ人間であったことに
喜悦の涙を流し
ふるえている

手のひらに春

林道をそれた日だまりのそこに
芽吹きを競いあう青草のむれを見つける
しゃがみ込み手を押し当てると
春の温《ぬく》みが手のひらをやさしく打つ
今年の冬はあまりに厳しすぎた
なによりも痛めつけられ強く耐えていたのは
あるがままの草木たちだ
生身を酷寒にさらし
ただ一筋にやって来る春のため

命の火を灯しつづけた
待つこと忍ぶことへの秘める力は
人知の及ぶべくもない
そのひたむきな剛《つよ》さこそ
あの草木のさまざまな形や
鮮やかな緑を生み出すのだ
そしていつの日か
まったなしの春が
土を目覚めさせ
大地や生き物のすべての水を温め
草木の根っこに号令を掛ける

今年はいつもの年より芽吹きが早い
こんなかたすみの春の振動は

こうして四方八方へと広がり
いっせいに鳥や虫を歌わせるだろう
草木の吐息で空気までも染めるだろう
地平からの薄羽ね色の大気は
やがて春の色への演出となる
いま私の体を駆けめぐる血が
春に弄《まさぐ》られている

海に来て

あおい　あおい　あおい海
ふるい　ふるい　ふるい懐かしさ
遠く　遠くにそのあわいおもいを
船が乗せて行く
ふんわり浮かんだ雲、雲、もう一つの雲の間を
ぽつんと鳥が見える

私だけが砂浜に寝そべっている
まるで打ち上げられた漂流物

風のささやき
波の音
遠くの潮鳴り
響き寄る海鳥の鳴き音《ね》は
私の昔を揺り動かす

起き上がり
波打ちぎわに立つと
心の奥に潮風がしみこんできて
意識の先がきらめく
得られたものも
失われたものも
刻《とき》は
引いては返す波のように消し去った

私は二本の足で立って
両手をポケットに突っ込んだまま
海に対峙している
やがては消えてゆく
このちっぽけな生きものとしての存在
海は赤子をあやす揺りかごのように
無限のまなざしで応えてくる

もはや夏の日の

もはや夏の日の
忘れ去られた悲しみは
風に波立つ稲田の緑に
微動だにしない
一羽の白鷺

もはや夏の日の
忘れ去られた悲しみは
陽盛りの庭の片隅につながれた犬

鳴き声もあげずに
小屋の出入りを繰り返している

もはや夏の日の
忘れ去られた悲しみは
果たし得なかった約束事
想い出すたび自責の傷みが
それも刻《とき》に呑み込まれてしまった

もはや夏の日の
忘れ去られたかなしみは
長年住んだ母の部屋に立ち
台所の汚れさびた傷あと
きしむ板の間に母の面影を呼ぶ

もはや夏の日の
忘れ去られたかなしみは
突然に届いた遠方からの便り
そこには覚悟の短歌《うた》が五首詠まれ
まもなく友は逝った

もはや夏の日の
忘れ去られたかなしみは
悶え苦しんだあの時のおのれの姿
緑陰の蟬の鳴き声も聞こえず
ここを通り過ぎて行ったのだ

もはや夏の日の
忘れ去られたかなしみは

枯れおびた紫陽花の花群れよ
遠くからおいでおいでをして
なつかしき顔が笑《え》みしている

生動するもの

一つとして同じ朝がないように
草や虫、鳴き交わす鳥たちにも
朝は新たにやって来る

夜の眠りが朝を生むとしたら
生動するものに休息を与える夜は
静寂と無に身をゆだねねばならない

ひそかにか生動する無花果《いちじく》の実

緑《あお》きまま黙りこくる実の結実
秘めた言葉があるとしたら

生理の停止が死を意味するなら
あらゆるものに休止はない
生動し続けることは輝きとなる

生動し続けることの変転
歓喜とか挫折とか憤怒とか悲哀とか
私たちはよく口にする

生動そのものが
生きもののすべてであって
意義づけは私たちだけのもの

生々しく見間違えてきた蓄積の歴史
あるがままの生の息吹を見失い
自然に抱かれるのも拒否して来た

だから私たちに神が必要だったのだろう

地球が笑う

コロナコロナと
人類が病んでへこんだ
地球が笑う
世界の空はどこもが青く澄みはじめ
自然に抱かれることのやすらぎを
誰もが想い起こした
事の始まりは
机以外の四つ足ならば何でも食すという国の
コウモリから発したウイルスとか

高をくっていた人間様たちは
迫り来る恐怖に外へも出られず
テレビとスマホをいじくり回し
玉音しか聞く耳持たぬ人間様はパチンコ屋へ
真面目にオビエル人間様は
手の皮がむけるほど消毒にいそしみ
顔半分をマスクで覆った
科学文明の最先端に盲従する喜びで
栄耀栄華をむさぼり続ける人間様たち
それがどうだ
ひと握りのウイルスから
世界中だれもが人間不信となり
にっちもさっちもアサッテも
獅子身中の虫にコッケイなほど静かになり

ステイホーム、ステイホームが合い言葉
猫や飼い犬は当然なこと
公園の樹木や鳥、ゴキブリまでが
この異変に呆れているはず
神秘主義者の顔を持つ、かのニュートンが予言した
未知の感染症は人類に終末をもたらすと
歴史の傷あとをふり返れば
人間様の過度の自惚れ傲慢さが
原水爆だ核ミサイルだと、戦争に明け暮れ、
大地震や大津波、猛烈台風は矢継ぎばや
神代を恐れぬ自然破壊の暴走が
地球自然のバランスをぶち壊し
人類の先行きは手探り状態
地球が笑うのは人間様の進化だ進歩だという

欲望にとり憑かれた狂気そのもの
自然と生きもののあるべき姿は
とうに消えてしまっているのに

蝶の記憶

いつまで雨は降りつづくのか
梅雨が明けないのだから
心も体も湿っている
ヴェランダのスリッパに足を入れると
何かが動く
もぞもぞと一匹の蛾がはい出てきた
そうかオマエもこんなところに居場所を

どんな生きものにでも

命というものを見つめるようになったのは
生きられている自分の時間を
強く意識するようになってからだ
生きもののすべてに言えることは
その命を生かす道に
みちびかれているのであろう

今朝がたのことで一匹の蝶が
小雨降る中を舞って来て
私の肩にちょっと止まるようにして
去って行った
あまり見掛けたことのない蝶だったので
記憶に残った

午後になってめづらしく晴れ間が見え
散歩に出て帰って来ると
玄関ドアに舞ってきた蝶が止まった
蝶道というのがあるのかもしれない
よく見ると今朝がたの蝶に思えた
ドアに止まると動かなくなり
羽を立てたままになっている
〈見せてごらん、そうだ見せてごらん〉
羽を少しずつ動かしはじめた蝶に声をかけた
〈もっと見せてごらん、そうだ、そうだ〉
蝶はゆっくりゆっくり開いてゆく
〈あっ、美しい、美しいね〉
大きく大きく開いて水平にまで羽を広げた
黒地にふちどった瑠璃色の斑

なんと見事に全開したことか
その蝶はルリタテハと言った

歌集『秘めうた』

滾《たぎ》る六月

大地は今あをき命の滾りたつ桑の実の熟れ蛇いちご赤く

翼にその猛《たけ》きいのち跳《おど》らせて燕よ空野に愛喰らひあふか

官能の真菰《まこも》が闇に誘《いざ》なはれせつなきまでに行行子《よしきり》の鳴く

鯔《ぼら》跳ねる暗き水面を湾曲に匕首のごとし喜悦を見せて

こだはりて一つの記憶たぐりよす悔いのむしろに山法師咲く

白闇《しらやみ》のなか

ああ雉《きじ》が白闇を裂き雉が鳴く飢ゑるさみしさこの身肌にも

目覚めればおもひくたくたと白闇の独り身果てむ心の修羅よ

漆黒のカラスとなり闇のなか被虐の愛を唄っているのは

火酒あおりおのれ燃やして火夫となる水銀に似て光り出すものは

散り敷いてカラマツ葉の静まりぬ夢うつつに訪ね来るひと

あをき炎《ほむら》

廃屋に咲き競ひあふ藪椿花のむくろを散り敷いてまで

動じずに蛇を見するゐる紫陽花の空の青より秘めやかなあを

紫陽花のあをき炎《ほむら》に手差し入れそのさみしさ触れてみずには

闇に血と咲き出す一輪アマリリス屠《ほふ》られし男の背に投げられ

ぼうぼうと野に天に燃え曼珠沙華怨みと慕《おも》ひ地の祭りに

おもひつめ川を下りて尾車草《おぐるま》の夏のいのちを描いてみせて

さみしさはおのれにありし月見草汝《な》が花の性質《たち》心にしみて

捨て場

友逝きて荒々しき落日よひとり風景に見られてゐたり

野良猫にしみいるような夕焼けさびしさの捨て場さがしあぐねて

野良犬につきまとふほど寒月のかなしき顔よ背骨浮き出て

我を見る放置自転車のサドル錆び人生の具象雨に打たれて

たれこめし空にシューマンのピアノ鳴るたわわなる枇杷に激しく飢ゑ

緑はふ五月闇の下《もと》青春の地図を広げてとまどふ吾は

生臭き息づかひしてわれ囲む十五の春陽答案におどる

イムジン河

――酷暑の板門店にて

眠るやうに夏の陽浴びて大河あり国分かつことの悲しき流れは

欺瞞みちた「帰らざる橋」一つ架け虚仮《こけ》の兵士を河が笑ひ

イムジン河渡り行く風よどれほどに祖国は慈《やさ》しくなつかしきかな

郷愁に怨念に河見するゑても剛直な意志で流れるだけの

岸辺立ち飢ゑる魂よ絶望を大河は慰藉してくれるものかは

飛ぶ鳥もあをき山河にいのち燃ゆ修羅の大地よ何のいのちか

身を投げて黙す大河に軽き身の祖国は知るや死に一途なるを

水晒《みずざれ》の骸《むくろ》の数を河に問へ唾棄すべき国に骨埋めるより

白鳥来たる

白き身の法懦《きょうだ》の群よ美を誇り眩しきまでに空に生きるか

くちばしの黄鈍《きにび》を見せて鳴き渡る天の回廊尼僧が行く

淫楽に泥田であへぐ長き首湿性の胯間火のやうに熱く

酷寒の闇夜静まり白鳥は血を凍らせ立ったまま眠る

陽がさびし霜打つ庭に水仙の鳴きながら行く二羽の白鳥

印旛沼周辺

めぐり来るこの風景に入場す匂ふ野の花よ独り鎮まりて

たそがれし野道にあり白き羽一つ残し飛び去りし鷺は

山茶花の老木咲きほこる道に生きることの痛切さとは

静まりてカラマツ葉ふる冬の闇ひとの命の去りにし後は

いのち荒ぶ世の中となり野仏まで寂然として背中向ける

生きることかくありたしと今朝の空逆風ついて飛行機の行く

逍遥とこの冬の野を生きぬかむ草の命は春を信じて

父身罷りて

部屋に居て動けぬ父の眼《まなこ》ありその深き見守り応へるすべなく

いつになく咲く春の庭待ちわびて冬の命ははかなくもあり

深井戸をのぞきこむ日々にあり釣瓶落としに父身罷りて

死に顔の美しくあり一筋に生きた証しをさとすごとく

棺あつく般若心経散り敷いて死出の旅路を母守らむと

父逝きて菜の花こぼれ散る朝に花びらのごとしその残影は

覡かんと白木蓮の狂ひ咲き骸《むくろ》となりし春彼岸前

蒼黒くひたひたと打つ川波のこの風に泣かむ冥府の父よ

青柿も熟柿《じゆくし》となりて秋の暮れ柏手一つ鳥追ふひと亡し

空寂として

わが空はどこまでも碧く校庭に変哲もなく人生一日

冬空を背負ひて影を歩ませるちぎれ雲一つ心風なし

空ひとつ映して裏の水甕に飢ゑたる夢は少年のままに

吾ひとり冬空のごとく澄みてありひとつの意志を貫かんとして

雑踏にあり冬空の陽は薄し生きることの遠い明日は

黙然と空を見するゐて石のごとくさまざまにあれその生き方は

烈々たる夕陽に向かひ坂下る細みゆく命なに使ひ果たさむ

灰の夢

散り敷いて秋黄金に時間《とき》薫る公孫樹《いちょう》の葉よいそぐないそぐなよ

靴底に自虐をつめて爪先立つ青春の癖《へき》をいまも装ひ

刻まれて疵《きず》あとしみる冬 欅《けやき》病みし家系は灰の夢なる

厳寒に荒き粗製の鉄柱《てつばしら》 朝陽にそびえわれ断罪す

外灯に照らし出された背中一つあの父性われになく闇に消え

鉄路は明日への橋渡らずに汗臭き町望郷も消して

暗闇に光の帯引き列車行く顔のない乗客愛国もなく

ほの暗き枯葉道冷えて終り秋愚かなる子蛇まよひ出てきて

凍てつきし夏蜜柑のるいるいと身肌に痛き青春の鞭

秘めうた

火沼《ほぬま》湧き消す術もなし飛ぶ鳥の山の姿はあくまで閑《しず》か

惑ひぬき寒月と歩く墓下道せせらぎ光る激し慕情は

淡くとも慕《おも》ひは刻をつらぬいて何処へ届かむひとつのかたちを

迷ひ果て黄鈍《きにび》の風よこの五月山流となって愛の放溢《ほういつ》を

ぼうぼうと天に野に燃え曼珠沙華愛恋の怨み地の祭りに

たそがれて烏瓜残す裸道暗愁の川へ慕《おも》ひを捨てむ

玉の緒のせつなき古歌を板書せむそのせつなきは吾が胸にこそ

かなしさに降りこめられて行き場なしB級映画の闇に埋もれ

じんじんと実熟るるほどに夕陽燃え渇きたる胸その名呼びたし

欅秋この直立の祝祭に情《こころ》まで似て熟れてにほふ

激しく求めあふもの見ることの見つめあふことの形をなさむと
かくまでも業苦の真夏よ桎梏にぬけるやうなあの青空は
よじ登り崖上の愛に明日はなし燃えさかる陽よ身をつらぬいて

断崖よ荒々しき落日よ佇《た》ち迷ふ吾と落ちなばともに

後朝《きぬぎぬ》の風にくだけて心寒し昨日雪降る曼殊院の道

冬の川石投げつけむ空虚《うそ》の身に愛染の痕《きず》はなやぐばかり

淪落のおもひは消えず忍冬《すいかずら》固き乳の歯形忘れず

黙契とは縛りあへない絆ゆゑ星の光を信じるに似て

南仏にて

―ゴッホへのオマージュ

あたらしき陽は十月の空えぐりプロヴァンスの雲大地を讃《うた》ふ

この空とおほらかな大地まさぐりて狂ほしきまでのゴッホの色は

誰知らぬ町のカフェにて見つめくる青き自画像の眼のかなしさよ

耳を削ぎ激しき血をしたたらせ叫《わ》めきし男よ今眠りにつく

汝がための想ひの果ての尽きるところ丘の彼方に淋しき家の見え

柊《ひいらぎ》の花の散る

――F君を悼む

秋寒の熱き微笑をそのままにいきなり果てむ汝《なんじ》十六

路上にて若き血潮はあまりにもその決断は清らかすぎて

黙しての血潮に染めた永訣を兄よかくまでなに命責む

弟よ白闇までも惑ひぬきひと言なりと兄は語れず

母なれば哭してやまむ師なりせば無力の罪《とが》をたれにか問はむ

静まりて読経にあはせ花の散る柊を知るや咲きほこる庭の

沿道はクラスメートの佇《た》ちつくす蒼ざめしなか君もいたはず

旅先にて

路地裏に流れるファドのせつなさは酔ふがままにここは異国か

黒まとふファドの歌い手泣き節は恋のあまさも哀しみとなり

朝まだき読誦《サラート》の響き目を覚ます何をか祈るモロッコの民は

腹痛に天安門の商館へ駆け込みしトイレ傘さしかけて

この夜更け裸姿の少年たち吾が生ひ立ちの夏の昔へ

首の無き仏陀の群よアユタヤにこの白き花悲しみの木とは

埃立つ道に座り込む男たち炎熱に仕事なく笑つてゐる

錆びた海見知らぬ国で夏果てぬまた歳を経た九月の悲しみ

滝音は飛沫を散らし凄烈に那智天然を永劫にうたひ

滝音の剛直なまで打ちするゐむ森羅万象神々の讃歌《うた》よ

風のうた土の火照りに花いきれ心の海へ鯨およがせ

東北大震災

あの山河よボロボロに砕け烈々たる放射能はまだ生きてゐる

山津波おもちゃのごとく町流し阿鼻叫喚地獄絵図を見る

何もせず見守るだけの無力の罪《とが》はあの絶叫に流されつづけ

私といふ現象を停止せよ感じて詠《うた》ふことの不遜を

銀座デビュウ

――善明修匹を偲んで

紫陽花の花に問ふべしその一輪ママがたくせし心の花は

炎天に耐へて孤独の背中あり男の野心銀座《まち》をねぐらに

あたぼうよ男の花の咲かせどころ銀座まとめて花いちもんめ

銀座デビュウと言はれし友よ無謀に華やぎ代価はいかに

その晩に死に急ぎゆく友と知らず飲み別れての銀座《まち》が憎し

退職して

生徒《ひと》の名と時間に解かれ野の草のその名覚えむ朝の湖水来て

通勤に痛みし鞄よ幾春秋つめ込みしもの夢と悲哀と

西陽うすき冬日も暮れ遠き友病重しと不意の知らせあり

昨夜より吹き渡りたり大風に桜散りもせず今朝ツバメ飛ぶ

花いばら川面を打ちて繰り返すいたき吾が想ひにも似て

一つがひ青田に染みる白鷺の動くことなし永遠《とわ》を刻みて

いつの間に葛《くず》の花匂ふ秋舞台花いく日の命あるうちに

凍てつきし寒林に入りて落ち葉踏む意志ある力朝陽またいで

水仙の薫りひろって朝あたらし一瞬の春ことし疑はず

逃避の川冬に魚釣る少年は孤独の病に打ちすゑられて

湖《うみ》暮れむ荒涼たる風景に吾おき去られ六十二となる

母急逝す

独り居の母の暮らしのさびしさは吾より電話掛ける日々にあり

みづからに老人ホームへ行くと言ふ気丈な母は認知症に

バッグあけ何度も何度も確認す悲しき姿母失ひたり

独り部屋テレビに向かひ何おもふ訪ねし吾の心配くり返す

いろはがるた買ってこいと言ふ世話好きの母遊んでやるのだと

正月に母急逝す御節《おせち》にと我が家よびよせ母倒れたり

母逝きてどれほどの愛どれほどに吾をかばひてここまで生きしか

母身まかり事々にわきたつ想ひ止むことなし秋暮れむとす

御牧ヶ原

浅間より烏帽子《えぼし》に連なる山並みの丹沢山塊と似たるは望郷

犬を追ひ霜踏む朝陽のただ中へ命をあらふ永らへるとは

落ち葉にも散り落つさきの色かたち師二人逝きて胸もとに舞ふ

朽ちる樹よ古稀となりしはその洞《うろ》に月をのぞめる気概もちたし

凜とした漢語言葉の響きにはゆかしき日本の人柄思ほゆ

柚香菊《ゆうかぎく》群れて咲きだす真昼野は万緑うたふ御牧が台地

木立より見下ろすほどに山藤のその強き色御牧を染めて

山藤は木に巻きついて立ちのぼる枯れ細る木よこれも弱肉強食

この地では薪がすべての生活に百年の桜切り倒したり

いちだんと林檎《りんご》杏子《あんず》の花盛り主人《あるじ》亡きあと家置き去りに

老女独り残されし家灯も消えて二十匹こえし猫いづこへ

アカシアの花咲き出し六月の我が身の愁ひ妻は老いたり

黙然と樹木見するゐる散歩道この鎮まりは人生の果てに

小諸から

坂を下り千曲川へ向かうと、河岸段丘となった山並みが連なる。その一角に御牧ヶ原がある。春は檀香梅、レンギョウ、山吹といった黄色の花群れに始まり、森に山藤の紫が消えかかる頃、アカシアが咲き出すと山法師やそばの花が白色に辺りを染める。野草もまた負けず劣らず野道に咲き競う。秋の紅葉の彩りも然りである。

そんな新たな自然の中で日々過ごすうちに、どうやら眠っていた詩心が揺り動かされたようだ。老年に対峙する自然は、詩が心の鏡になるように、命の姿を映し出してくれるような気がする。その輝きばかりに目を奪われていた時期はとうに過ぎ、残された時間への哀切さ、澄み切った心の静けさばかりが意識されてならないのだが。

この四冊めの詩集には、四十代からの折々の感興を短歌に詠んだりしたものが一冊の歌集ほどになっていたので、詩歌集として併せて載せることにした。

コロナ禍で慄く五月に

著者

詩歌集
緑のひつぎ・秘めうた

定価（本体1600円＋税）

2020年 9月 15日初版第1刷印刷
2020年 9月 20日初版第1刷発行
著　者　関口　彰
発行者　百瀬精一
発行所　鳥影社 (www.choeisha.com)
〒160-0023
東京都新宿区西新宿3-5-12トーカン新宿7F
電話　03-5948-6470, FAX 03-5948-6471
〒392-0012
長野県諏訪市四賀229-1（本社・編集室）
電話 0266-53-2903, FAX 0266-58-6771
印刷・製本　シナノ印刷

ISBN978-4-86265-835-7 C0092